Coordinación editorial: Paz Barroso
Diseño de cubierta: Gerardo Domínguez, Silvia Pasteris
Diseño de interiores: Silvia Pasteris
Maquetación: Espacio y Punto, S.A.

© Del texto: Javier Fonseca García Donas
   Ilustraciones: Joaquín González Dorao
© Macmillan Iberia, S. A., 2009
   C/ Capitán Haya, 1 - planta 14a. Edificio Eurocentro
   28020 Madrid (ESPAÑA)
   Teléfono: (+34) 91 524 94 20

www.macmillan-lij.es

Primera edición: marzo 2009
Segunda edición: diciembre 2009
ISBN: 978-84-7942-453-4
Impreso en China / Printed in China

GRUPO MACMILLAN: www.grupomacmillan.com

Este libro pertenece a:

....

....

Javier Fonseca

EL CASO DE LAS CHUCHES MISTERIOSAS

Ilustración de Joaquín González

Asesora pedagógica: Fiona Miller

MACMILLAN
Infantil y Juvenil

Para Víctor y Jani. Para Claudia y Alejandra Secret. Para Chiki, Glolij y la pandilla LIJera.
Y para A., L., y R., niñas de mis ojos.

¡HOLA!

Por si no me conoces todavía, me llamo Clara Mediasuela, pero puedes llamarme Clara Secret. Mi socio y yo hemos creado una agencia de detectives secretos: **CS-123**. CS es por **C**lara **S**ecret, y **123**, por **One** Two **Three** –yo le llamo Uan–, mi socio inglés: un peluche blanco con manchas de color **té con leche** en las patas, el hocico y las orejas, que se ha convertido en compañero de aventuras inmejorable.

Cuando me lo regaló tía Sonsoles, pensé que se había equivocado. ¡Un perro de peluche! Como si con casi nueve años todavía jugase con muñecos. Pero pronto descubrí que Uan no era un muñeco cualquiera. Después de apretarle noventa mil veces el botón que tiene en la barriga, cuando parecía que por fin se le iban a gastar las pilas, se puso a hablarme en un inglés un poco cursi.

Vivo con mis padres, Bruno y Pepa, en la calle de la Luna, n.º 25. No es una casa bonita. Ni siquiera tiene piscina o un parque cerca. A cambio, tenemos a Cosme, el portero, que no hace más que quejarse y decir que se quiere jubilar; y un montón de vecinos bastante gruñones que solo ven problemas por todas partes. Uan dice que son sus gruñidos y prisas los que manchan de humedades las paredes, hacen chirriar el ascensor y dan ese aspecto triste y aburrido al edificio. Por eso se nos ocurrió crear **CS-123**: para llenar de colores nuevos y alegres la casa, aunque a veces los vecinos no lo entiendan. Como todo detective que se precie, anotamos nuestras pesquisas en un cuaderno –nuestros **Secret Files**. Están escritas en inglés, nuestro código secreto, porque nadie del barrio lo entiende.

Así que prepárate para compartir con nosotros una nueva y misteriosa aventura. ¡Ah!, y si quieres saber más sobre mí o contarme cualquier cosa, contacta conmigo en

cs.123mail@gmail.com

Bye, bye, friend!

PLANETAS ENANOS Y GOLOSINAS

Aquel lunes por la mañana estaba todo planeado para que Uan —mi socio inglés— y yo empezásemos una nueva misión. Era fundamental que nos quedáramos solos en casa, y pensé hacerme la enferma, como cuando quiero librarme de una clase. Una vez calenté el termómetro en el radiador, se me fue la mano y casi batí el récord del mundo de fiebre infantil. Papá se quedó blanco como la cáscara de un huevo al ver que marcaba cuarenta y tres grados y medio. Cuando por fin reaccionó, no se atrevía a acercarse. Yo pensé que iba a ir a la cocina a coger el guante del horno para tocarme la frente… Al día siguiente compró un termómetro digital.

Otro día, para librarme del dentista, usé el viejo truco del dolor de barriga. Y para no morirme de hambre con el repugnante pescado hervido que me pone mi madre cuando tengo la tripa mal, por la noche escondí galletas y unos quesitos en la almohada. Pero como estaba bastante nerviosa, cerraba los ojos y empezaba a oír el **bzzzzzzzzzz** del taladro del dentista. Para calmarme, me puse a comer. Me terminé cinco quesitos y por lo menos doscientas siete galletas antes de quedarme dormida. Y a mitad de la noche ya tenía un dolor de tripa verdaderamente auténtico. Me libré del dentista, pero pasé todo el día siguiente en casa tomando manzanillas.

Lo cierto es que tenía bastante experiencia, como ves, pero sin mucho éxito. Y esta vez no podía fallar. Así que decidí cambiar de estrategia, y se me ocurrió una idea genial. Pero deja primero que te explique cómo nació esta aventura.

En el colegio, el curso había empezado con una gran novedad: por fin el Constantino el Grande era colegio bilingüe. Lo peor de este cambio era soportar al dire, don Tomás, que quería demostrar a todas horas que estaba a la altura de la nueva categoría del colegio, y no dejaba de meter palabras en inglés cada vez que abría la boca.

Llevábamos casi medio trimestre cuando, una mañana, don Tomás entró en clase interrumpiendo una explicación sobre lo importante que es el reciclado.

—**Excuse me, Candela** –dijo don Tomás a modo de saludo–, pero tengo **some very important news**.

¿Noticias muy importantes? ¡Uf! Al oír esto, pusimos nuestra cara de aburrimiento profesional. En septiembre, el dire había empezado así su típico discurso de inicio del curso para decirnos que el Ayuntamiento nos había retirado el

premio de la Semana de la Ciencia por nuestro trabajo "Plutón, el planeta desconocido". El problema era que Plutón ya no era un planeta, según los científicos, sino un planeta enano. Y en el Ayuntamiento pensaban que no quedaba bien premiar un proyecto sobre "Plutón, el planeta enano desconocido".

La noticia nos fastidió bastante. Habíamos trabajado duro en ese proyecto. Pero, sobre todo, nos hacía mucha ilusión viajar a Granada a presentarlo en el Premio Nacional. Total, que nos quedamos sin viaje. Aunque peor se quedó el pobre Plutón: degradado y enano.

—Ya sabéis que **this week** se celebra el Premio Nacional de ciencia en la escuela, al que debíais haber presentado vuestro **interesting paper on Pluto** –siguió don Tomás hurgando en la herida–. Pues bien, el Consejo Escolar **decided...** que no podéis quedaros sin premio... y ha propuesto **an alternative plan**.

Las palabras "plan alternativo" captaron nuestra atención, aunque sin mucha fe. ¡A saber qué quería decir el dire con eso! ¿Visita al Museo de la Ciencia, paseo botánico por el Parque de la Cruz...? Mientras todos pensábamos en esas alternativas y otras más aburridas aún, don Tomás siguió hablando.

—**This Friday... you're going to visit Chocodul.**

Estoy segura de que, hasta entonces, en la historia del mundo nunca un premio de consolación había sido recibido como una medalla de oro. ¡Ir a Chocodul el viernes! Se nos olvidó por completo el orgullo científico y salió el "zampa-chuches" que todos llevamos dentro. Hasta Susana Fideofino pegó un salto. Y Dani Masymás gritó en inglés para felicidad del dire: **"Hooray, I love dwarf planets!"**.

No era para menos: estábamos ante la noticia del siglo. ¡Íbamos a visitar la fábrica de dulces, el paraíso del chocolate y las golosinas! Eso superaba con creces cualquier premio de la ciencia.

Pero lo que yo no me imaginaba aún era que ese plan iba a ser el inicio de un nuevo gran caso de **CS-123.**

CS-123 **MISSION: SWEET MAIL**

La visita a Chocodul fue un poco rollo, la verdad. Un montón de máquinas y ollas gigantes llenas de azúcar, chocolates y sopas dulces de todos los colores. Había gente con gorros, batas blancas y guantes que nos miraba con ojos de policía, vigilando que no tocásemos nada; y olía como a jarabe por todas partes. Algunos incluso se marearon. Pero todo se nos olvidó cuando llegamos a la tienda y nos regalaron provisiones de dulces y golosinas para todo el trimestre.

El sábado, después de repartirlas estratégicamente por diferentes escondites de mi habitación –porque, si las encontraba mamá, seguro que me las confiscaba y establecía un estricto plan de racionamiento–, me tumbé en la cama con una chocolatina de almendras a leer la revista de las **Pinky Girls**. Uan dormitaba a mi lado; pero en cuanto oyó el ruido del envoltorio, se despertó.

—**Clara, please, don't make so much noise** –me pidió Uan.

—¿Que no haga tanto ruido? No es para tanto. Es el papel de la chocolatina –dije arrugando el envoltorio. Uan arrugó el hocico y entrecerró los ojos.

—**Yuck! You eat sweets and chocolate all day long.**

—¡Qué exagerado! No como golosinas a todas horas. Hoy solo he comido unas pocas gominolas, y ahora esta chocolatina. Y eso porque tengo provisiones, que normalmente no las pruebo.

—Are they really that tasty?

Frota el cartel de Chocodul para oler la fábrica.

¡Cuidado, te puedes marear!

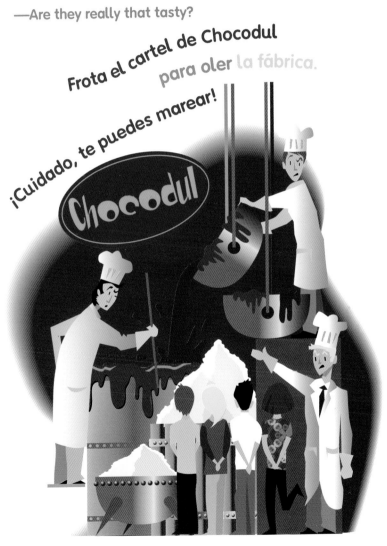

—Pues sí. Lo más delicioso es…

Dejé a medias mi respuesta y di un mordisco a la chocolatina. Si Uan me preguntaba si las golosinas eran realmente tan ricas, solo podía significar una cosa:

—Uan, ¿nunca has comido una chuche?

—Of course, not. Nobody gives sweets to a toy –contestó Uan poniendo cara de "¡Qué pregunta! ¿Quién va a darle chuches a un juguete?". Se notaba que se moría de rabia por no haberlas comido nunca.

—¡Vaya! Debe de ser terrible que nunca te hayan dado golosinas. A todo el mundo le encanta. **I also love chocolate, Uan** –continué mientras mordisqueaba la chocolatina–.

I also love chocolate, Uan.

Si pudiera, me tomaría una chocolatina cada día. Marce lo hace. Yo creo que por eso está siempre tan alegre.

Me estaba imaginando a Marce compartiendo conmigo un pedazo de la tableta que siempre tiene en la cocina, cuando una idea empezó a nacer en mi cabeza. Llevábamos varias semanas pensando cómo retomar la tarea de alegrar la vida de nuestros aburridos vecinos. Era el objetivo de **CS-123.** Y los chocolates y golosinas que me habían dado en Chocodul podían venirnos de perlas.

—¡Claro! –dije saltando de la cama–. El chocolate alegra a la gente. Uan, acabo de descubrir cómo vamos a conseguir alegrar a nuestros vecinos. ¡**CS-123** ya tiene una nueva misión!

—**A chocolate mission?** –dijo Uan asustado, saltando también de la cama–. **Oh no! I don't want to get covered with chocolate.**

—Tranquilo, Uan, que no te vas a manchar ni las pezuñas. Ni siquiera vas a necesitar tocar el chocolate.

—**I don't trust you** –dijo moviendo la cabeza.

Y tenía razones para no confiar en mí. En nuestra primera misión había acabado recubierto de basura de todos los colores. Creo que en ese momento se imaginó chapoteando dentro de un cubo de pringoso chocolate.

—Tranqui, socio. Solo estoy pensando en regalar golosinas a todos los vecinos.

—**Aah! And how will we do it?**

—Eso es lo que tenemos que decidir, cómo hacerlo. Tiene que ser una sorpresa, algo misterioso, que no sepan quién se las ha dado…

Después de estar dando vueltas al tema un buen rato, Uan propuso:

—**Ok. What about sending them by post?**

—No es mala idea mandarlas por correo, pero hay un pequeño problema –dije mientras me levantaba a coger la hucha de la estantería. Cuando me vio, Uan terminó la frase por mí:

—**Yes** –comentó decepcionado–: **no money for stamps.**

—Exacto, con lo que tenemos aquí no hay dinero para los sellos ni del primer envío –dije vaciando la hucha sobre el colchón–: 7,19 euros. Una miseria miserable.

A pesar del chasco, algo me decía que la idea del correo no era del todo mala. Así que seguí pensando un rato en ella.

—A no ser que hagamos que lo reciban en el correo sin necesidad de comprar sellos... ¡Sí! Podemos ser nosotros quienes lo metamos en sus buzones sin que lo sepa nadie. A ver... Un momento apropiado para hacerlo sería muy pronto, por la mañana, antes de que llegue Cosme... ¡Ya está! Uan, eres un genio. Mañana lunes empezamos nuestra **Mission: Sweet Mail.**

Uan me miraba un poco alucinado, pero no dijo nada. Sabe que cuando pienso en voz alta es mejor dejarme hablar. Cuando terminé, se rascó detrás de la oreja y dijo:

—**Ok, Clara. How will we do that?**

¡Vaya! Estábamos de nuevo en el punto de partida. Una idea estupenda; pero ¿cómo íbamos a apañarnos para llevarla a cabo? Ni siquiera se nos había ocurrido la manera de esquivar a mis padres. Parecía que con dos cabezas pensando no iba a ser suficiente.

El resto del fin de semana nos lo pasamos planeando una manera de echar en los buzones las chuches sin levantar sospechas.

—**We could go down in the middle of the night** –sugirió Uan.

—¿De noche? No, que me muero de miedo –respondí tajante–. Hay que buscar la manera de que mis padres se vayan antes de casa.

Uan pensó que podíamos llamarlos por teléfono muy temprano diciendo que el quiosco se había inundado; pero eso les daría un susto de muerte. Yo propuse decirles que se me había olvidado avisarlos de que don Tomás quería verlos el lunes prontísimo para felicitarlos porque su hija –o sea, yo– era la primera de la clase.

—**I don't think that's a good idea** –dijo Uan sin dudarlo.

—**Why not?**

—**Because your parents know you're not exactly a brilliant student.**

—Bueno, a lo mejor exagero un poquito. Ya sé que no soy la **number one**, pero es que no se me ocurre nada mejor.

—**It can't be that difficult, Clara. We only need an hour.**

—Tienes razón, solo necesitamos una hora. No puede ser tan difícil. No estamos pidiendo parar el tiempo…

—**Clara!** –me interrumpió Uan moviendo la cola–. **That's a good idea!**

—¿Ah, sí? ¿Qué he dicho?

—**What time is it?**

Yo miré mi reloj digital con dos alarmas y le contesté:

—Las cuatro y media, pero no…

—**Half past four in Madrid, half past three in London** –dijo sin dejarme terminar la frase.

—Pues sí, en Londres son las tres y media, una hora menos, como en Canarias. ¿Y eso qué tiene que ver con nuestro problema?

—**We need an extra hour on Monday morning.**

—Ya sé que necesitamos una hora más el lunes por la mañana.

—**And you've found a way of getting it.**

—¿Qué es eso de que yo he encontrado la solución?

—**You said we don't need to stop time.**

—No, no necesitamos parar el tiempo, porque eso es imposible, Uan. Aunque paremos los relojes, el tiempo sigue pasando y…

—**… But if we stop time HERE, at home…**

De pronto, yo también lo entendí. ¡Claro! ¡Solo necesitábamos parar el tiempo un rato en casa! Y para eso era suficiente retrasar una hora los relojes. El del microondas; el del salón, y, el más importante, el radio despertador de papá. Así, al despertarse, el reloj marcaría las siete como en Londres, y, en realidad, serían las ocho. Y si yo me despertaba a las siete de verdad…, tendría tiempo de sobra para repartir las chuches.

El domingo por la noche me puse manos a la obra. No hubo problema con el del salón. Para cambiar el despertador, esperé hasta el último momento. Aproveché mientras mis padres se lavaban los dientes después de cenar, y confié en que, sin las lentillas, no se dieran cuenta. Por si acaso, lo puse de cara a la pared. Pero el del microondas fue más difícil. Al final, fijándome en los dibujos del libro de instrucciones, conseguí cambiar la hora. Luego programé las alarmas de mi reloj a las siete de verdad, lo puse bajo mi almohada para que no lo oyeran mis padres, y me fui a dormir.

Estaba tan inquieta que me desperté antes de que sonaran. Uan seguía dormido. Me puse la ropa encima del pijama, cogí la mochila llena de chuches y bajé sola al portal. Cosme se había dejado la ventana de la escalera abierta, y entra-

ba un aire helado que silbaba como una sirena susurrando. No sé si sería el viento o los nervios, pero no dejaba de oír ruidos extraños que me ponían aún más nerviosa. Eché los dulces en los buzones mirando para atrás cada dos por tres, y cuando iba a volver a casa por las escaleras, **rac, rac, rac**. Tres vueltas de llave. Esta vez no era mi imaginación. Pasitos pequeños y rápidos por la escalera y un grito en voz baja:

—¡Trilo, ven aquí!

Antes de que pudiera esconderme, tenía al perro de Mario dando vueltas a mi alrededor. Mi corazón se puso a galopar. **Plas**, una puerta se cierra y alguien arrastra sus pasos hacia la escalera. ¡Tenía que hacer algo!

GOLOSINAS FOR EVERYONE

Trilo seguía correteando nervioso de un lado a otro. Solo había un lugar donde esconderse: el cuarto de basuras. Me pareció un sitio genial… y a Trilo también. Se puso a ladrar y arañar la puerta como un loco cuando lo dejé fuera, hasta que se oyó la voz de Mateo, el padre de Mario:

—¡Trilo, ven aquí, que no tenemos toda la mañana! ¡Y deja de ladrar, que vas a despertar a los vecinos!

Oí cómo se cerraba el portal, y esperé un rato mientras mi corazón se calmaba. Todavía con el susto en el cuerpo, subí las escaleras de dos en dos. ¡Me había librado por los pelos! En casa todo estaba tranquilo. Me quité la ropa y me metí en la cama. A pesar del mal rato, el primer paso de nuestro plan había sido un éxito.

Podéis imaginaros el lío cuando el radio despertador de mis padres se encendió y el locutor de siempre dijo: "¡Buenos días! Son las ocho de la mañana, las siete en Canarias". Con las prisas, nadie miró los relojes. Mis padres corrían de un lado a otro, oí la cisterna del baño y el grito de papá cuando se equivocó en la ducha y le cayó un chorro de agua muy fría.

—Clara, es tardísimo. Nos vamos a abrir el quiosco –dijo mi madre mientras me subía la persiana–. Pásate por casa de Mario y te vas con él y su padre al colegio.

¡Esto iba mejor de lo que había calculado! Mis padres se iban a toda prisa, sin darse cuenta del retraso de los relojes. En cuanto salieron de casa, volví a ponerlos en hora. Eran las ocho y cuarto. Mario y su padre salían a las ocho y media, así que aún tenía algo de tiempo.

—Ya que no me lo preguntas, te diré que la primera fase de **Mission: Sweet Mail** ha sido un éxito –informé a mi socio mientras desayunaba.

Uan estaba aún medio dormido. Levantó una oreja, se rascó debajo y bostezó.

—**Hmmmmmm! Everything Ok?**

—Todo ha ido bien, sí. Aunque ha habido un momento de verdadero peligro…

—**… because Cosme arrived early?** –se adelantó Uan.

—No, Cosme no ha madrugado hoy. Y déjame terminar, listillo. Mateo bajó con Trilo…

—**Ah** –me volvió a interrumpir–. **That dog…**

—¡Jo, Uan! Deja de interrumpirme, que no termino nunca.

—**Ok, carry on, Clara. I won't interrupt you.**

Pude contarle los detalles de la misión mientras terminaba de preparar mi mochila. Salimos al descansillo y llamamos a casa de Mario, que vive enfrente.

—Hola, Clara –saludó Carlota–. Ya nos ha avisado tu madre. Pasa, que Mario se está lavando los dientes.

Después de esperar a que el renacuajo se pelease con su madre por el bocadillo, por el peinado y por tener que ponerse colonia, bajamos por fin al portal. Doña Soledad salía del cuarto de basuras, y por la puerta entraba Marce, nuestro vecino lobo de mar, con el periódico y una barra de pan en la mano.

—¡Hola, capitán! –dijimos Mario y yo a la vez.

—¡Vaya! Tenemos reunión en cubierta. ¡Hola, grumetes! Espero que vayan todos abrigados. Hoy sopla viento del este y trae nubes.

—Buenos días, Marce –saludó doña Soledad desde los buzones.

—Vamos, chicos –dijo Mateo–. No os entretengáis o llegaremos tarde.

—**Look!** –me susurró Uan–. **Mrs Soledad is opening her mail box.**

¡El buzón! ¡Menuda suerte! Íbamos a comprobar el efecto de nuestra misión mucho antes de lo que imaginábamos. Uan estaba muy inquieto. Si no llega a ser de trapo, juraría que sudaba.

—¡Anda! –exclamó doña Soledad–. Pero si esto es…

—¡Gominolas! –dijo Mario estirando el brazo.

Doña Soledad enseñaba en su mano una bolsa de gominolas. Marce se acercó y la cogió.

—**Sugar dummies** –leyó–. Chupetes dulces. Parece una muestra de publicidad.

Los ojos de Mario brillaron como el lomo de una sardina.

—¡Papá! Abre nuestro buzón; seguro que también tenemos *tsunamis*.

¡Tsunamis! Uan y yo nos miramos y casi se nos escapa una carcajada. Marce no disimuló, y mientras abría el suyo dijo, riéndose:

—Espero que te equivoques, grumete, y no encuentres un maremoto en el buzón. ¡Mira! Yo tengo una chocolatina. ¡Me gusta esta forma de empezar el día!

—¡Abre ya, papá! –insistió Mario sin hacer caso.

El renacuajo tardó medio milisegundo en quitarle a su padre de la mano la piruleta de naranja que había sacado del buzón. Doña Soledad puso su cara de suspiro, esa que avisa de que va a hablar de su marido y de lo que le echa de menos.

—**Oh, my poor Serafín loved sweets…** –me murmuró Uan al oído imitándola.

—**Be quiet, Uan!** –le mandé callar aguantando otra vez la risa.

—¡Ay, a mi pobre Serafín le encantaban las gominolas! ¡Cómo habría disfrutado! –suspiró doña Soledad.

—Bueno, Sole –dijo Marce agarrándola del hombro–, pues alégrate tú el día tomando un dulce.

—¡Ay! –suspiró de nuevo–. Ojalá pudiera. Pero con mi salud…

—Fi no fe laf va a tomar, ¿puede dármelaf? –preguntó Mario sin dejar de chupar su piruleta.

—**What a cheek!** –susurró de nuevo Uan.

—No tengas cara, Mario. Mira –dijo Mateo agarrando del brazo a su hijo, que se guardaba las gominolas en el bolsillo–, ya está aquí Cosme. Da las gracias a Soledad y tira, que llegamos tardísimo al colegio. ¡Vamos, Clara!

—Pero ¿qué es esto? –gruñó Cosme–. ¿Ya desde primera hora alborotando en el portal? Vamos, circulen, que algunos tenemos que trabajar. Pero…

—… ¡¡¡qué ganas tengo de jubilarme!!! –dijimos todos a coro.

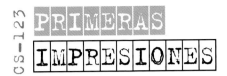

PRIMERAS IMPRESIONES

De camino al cole, con Mario concentrado en su piruleta y su padre colgado del teléfono y tirándole del brazo, me retrasé un poco para poder cambiar impresiones con Uan.

—La cosa no ha ido mal, ¿eh, socio?

—**Well, Soledad can't eat sweets...** –apuntó Uan.

—Sí, pero se ha ido sonriendo con Marce, que estaba tan contento que ni siquiera se ha despedido.

—**And Cosme was angry.**

—Es verdad, Cosme estaba enfadado, quizá porque nos olvidamos de él. Mañana le dejamos algo en su mesa. Pero me temo que es un caso perdido.

Delante, Mario ya había terminado su piruleta. Ahora atacaba las gominolas de doña Soledad. Uan le miraba señalándole con la pata.

—**Mario is so happy** –dijo–. **He's really mad on sweets.**

—Sí, se nota que le vuelven loco. Y a este paso va a coger un buen empacho.

—**But his parents...**

Cosme, doña Soledad, el renacuajo, que se iba a empachar con las chuches... Uan no hacía más que gruñir.

—¿Quieres dejar de poner pegas? –dije quejándome–. El plan no está saliendo tan mal. Nadie sospecha de nosotros.

—**True** –concedió Uan–. **Nobody suspects anything. They think it's an advertising campaign.**

—Pues que todo el mundo piense que es una campaña publicitaria nos viene guay.

Ya casi habíamos llegado al colegio. Mario se había metido un último puñado de gominolas en la boca y le daba la bolsa vacía a su padre, que acababa de colgar el móvil.

—¿Te las has comido todas? Pero ¡mira que eres bruto! –le regañó Mateo–. Anda para dentro.

Se dio la vuelta para despedirse de mí y le volvió a sonar el móvil. Así que me revolvió el pelo y se marchó. Mario ya había entrado en el cole. Yo me quedé en la puerta esperando a mi mejor amiga, Clau, que se acercaba por la otra acera.

Clau vive en el barrio, pero en la zona nueva, donde están los parques y los cines. Parece mayor que yo, aunque le llevo tres meses y seis días. Es por el pelo, que es rizado y parece la bola de un helado. Y por el tatuaje que le hizo su abuelo africano, Papa Boni, en la muñeca para que no se olvidara de sus raíces. Es un dibujo de líneas que se mezclan como un montón de serpientes abrazándose. Tiene piel de chocolate con leche como su madre, que nació en Kenia.

Allí la conoció su padre haciendo carreteras.

—¿Por qué vienes con ese renacuajo de Segundo? –me dijo cuando entrábamos en el cole.

—Mis padres, que se han despertado tarde, y he tenido que venir con él –respondí.

Me hubiera gustado contarle nuestra nueva aventura, pero, como dice Uan, **she wouldn't believe me**. Nunca me creería si le cuento que el peluche que va siempre conmigo en la mochila es mi socio.

CS-123 EL MOMENTO TOSTÓN TOTAL

En clase todo el mundo hablaba de lo que había hecho con las chuches de Chocodul. A Olga, sus padres le habían obligado a compartirlas con sus primos, que fueron a visitarla. Aunque antes pudo salvar un buen montón. Yo solo conté que había escondido la mayoría para que mi madre no me las confiscara. Y Dani enseñaba dos billetes de cinco euros y presumía diciendo que se las había vendido a sus colegas. Es el chulito de clase. En Segundo estuvo enfermo medio curso y tuvo que repetir, y se cree más que nadie por tener diez años. Por eso le llamamos Masymás.

La mañana pasó tranquila. Pero por la tarde, en clase de Música, don Tomás entró sin llamar y volvió al ataque.

—**Hello, students!** ¿Qué tal lo pasasteis en Chocodul? Ramón, **sorry for the interruption** –se disculpó–. **It's just a second.**

El Violines –también conocido como Ramón– dejó la tiza sobre la mesa y se sentó suspirando. Conocía igual que nosotros los "segunditos" del dire y sus efectos secundarios. Empieza por hacerse el simpático usando, como él dice, **cool words**.

—Ya me ha contado un pajarito que *moló* cantidad. Lo pasasteis *chachi* y comisteis *mogollón* de chuches, ¿eh?

Tras el "dire moderno" viene el "dire bilingüe": frase en español, frase en inglés…, según le vaya saliendo.

—Bien, pues tengo **another surprise for you all**, para que le saquéis todo su jugo a la excursión. **Are you ready?**

Nunca estamos preparados para sus sorpresas, que llegan después de lo que Clau llama el momento TT, o sea, Tostón Total: un rollo de explicación para terminar encontrando el lado aburrido de cualquier cosa. Don Tomás, que es un experto en TT, lo llama "el valor pedagógico". Aquí siempre desconectamos hasta la parte final:

—… Así que, para darle un valor pedagógico a esa **activity**, se me ha ocurrido que podéis contar en uno o dos folios **your trip to Chocodul**. Ellos elegirán los mejores para publicarlos en su **magazine**. Y vuestra tutora me ha dicho que contará para la nota final de Lengua. Tenéis hasta el viernes.

En resumen: como lo habéis pasado tan bien, se me ha ocurrido una idea para estropearlo.

Cuando se fue don Tomás, *El Violines* intentó poner orden, pero pronto se dio cuenta de que, para cinco minutos de clase que quedaban, no merecía la pena, y nos dejó con nuestras protestas y gruñidos hasta que sonó el timbre.

Durante el camino a casa, seguí quejándome con Uan:

—**Clara, stop moaning** –me pidió aburrido de oírme.

—Es que no me apetece nada hacer ese trabajo.

—**Well, it doesn't seem very difficult.**

—A lo mejor no es complicado, pero sí es un rollazo. ¡Y encima cuenta para la nota!

—**Don't worry** –intentó animarme Uan–. **I'm sure you'll have a brilliant idea.**

—Sí, seguro que se me ocurre algo genial. Además, tenemos muchas otras cosas en las que pensar; por ejemplo, en nuestra **Mission: Sweet Mail** –dije cambiando de tema.

Cuando llegamos al quiosco, mi madre había subido a casa. Según mi padre, llevaba todo el día pensando en que era muy raro que nos hubiésemos despertado una hora tarde.

—Ha enchufado y desenchufado el despertador por lo menos quinientas veces. ¡A saber qué estará haciendo ahora! –bufó mi padre.

—**Oh, oh…** –susurró Uan–. **I'm afraid we'll have to change our plans for tomorrow.**

Tenía razón. Mañana no podíamos hacer lo mismo. Que mi madre estuviera con la mosca detrás de la oreja nos obligaba a cambiar de estrategia. Por si esto fuera poco, en el portal nos esperaba otra sorpresa.

UN NUEVO MISTERIO

El jaleo se oía desde antes de entrar.

—**Oh, no!** –se quejó Uan–. **They're arguing again.**

Allí estaban discutiendo Carlota, Marce, Cosme, mamá y Tina.

—¡No seas histérica, Carlota! –dijo mamá–. Está claro que es una campaña de publicidad. Seguro que son los del súper nuevo.

—Yo estoy contigo, Pepa –la apoyó Marce. Llevaba su pipa apagada en una mano y, en la otra, una bolsa de comida para gatos–. Ya veréis como mañana tenemos un folleto con "¡Los precios más dulces del barrio!".

—Que no, que no –insistía Carlota jugueteando con la correa de Trilo–. Que son terroristas. O un loco que quiere envenenarnos. Eso ya ha pasado en América, que lo he leído.

¡Estaban hablando de nuestra misión! Pasamos por delante de todos y nos sentamos discretamente en las escaleras. Saqué el cuaderno **Secret Files** y me dispuse a tomar notas.

—O a lo mejor nuestro querido Cosme quiere mandarnos a todos al hospital con un subidón de azúcar –comentó Tina mientras se limpiaba las gafas con el jersey–. Imaginaos el titular: "¡Exclusiva! Habla el portero asesino de la casita de chocolate:«Yo solo quería jubilarme»".

Tina siempre está con bromas de este tipo. Se pasa el día en casa estudiando porque quiere ser juez. Yo he visto sus libros. Son gordísimos y con una letra microscópica. Por eso usa esas gafas que le hacen los ojos tan pequeños. Siempre lleva coleta, y un jersey viejo y muy ancho que dice que le da suerte.

—Muy graciosa, jovencita –protestó Cosme.

Siguieron con la discusión un rato más, hasta que llegó doña Soledad del mercado. Llevaba unas bolsas y caminaba

casi bailando, como si estuvieran llenas de algodón y no de patatas o detergentes.

—¡Vaya! ¡Qué alegría veros a todos! –dijo sonriendo como un bebé–. ¿Qué? ¿Disfrutando de este hermoso día?

Al oír a doña Soledad, mi socio arrugó el hocico.

—**This is very odd!**

—¿Qué es lo que te parece tan raro? –le pregunté mientras el resto de los vecinos seguía a lo suyo.

—**Mrs Soledad** –respondió–. **I've never seen her so happy.**

Como si le hubiera oído, mamá preguntó:

—Vienes muy contenta, Soledad. ¿Te pasa algo?

—¡Ay, hija! Sí me pasa, sí. Algo muy raro. Y muy bonito –respondió en un suspiro y poniéndose un poco colorada.

—Bueno, vecina –siguió Tina–. Suspiros, sonrisas, colores subidos… Cualquiera diría que te has echado un novio.

Doña Soledad se puso más colorada. Dejó las bolsas en el suelo, metió la mano en el bolso y sacó una carta que le entregó a Marce.

Carlota se acercó a saltitos, como una gallina. Marce se quitó la pipa apagada de la boca y empezó a leer muy despacio.

> Al amanecer,
> La luna en el agua,
> Espejo de plata,
> Guarda mi secreto.
> Recuerdos de miel
> Impulsan mi barca y
> Arribo a tu puerto.

Marce leyó los dos últimos versos mientras guardaba el papel en el sobre y se lo devolvía a doña Soledad. Todos estábamos con la boca abierta. Se hizo un silencio de cementerio. Cuando estaba terminando de copiar el poema en el cuaderno **Secret Files**, a Carlota se le escapó un suspiro.

—**It's a love poem!** –me susurró Uan.

—Te ha salido un admirador –dijo Tina sonriendo.

—¡Un admirador! –se escandalizó Carlota–. ¿Qué pensaría tu pobre Serafín?

—Serafín estaría muy contento de verte tan feliz, Sole –atajó Marce–. Deja que te ayude con las bolsas.

—**Uff! How twee!** –me dijo Uan al oído.

—Bueno, aunque sea un poco cursi, es muy bonito. Y cierra el hocico, socio, que no me entero de lo que dicen.

—Me lo he encontrado en el buzón esta mañana, al volver del médico –dijo doña Soledad.

No me podía creer lo que estaba oyendo. ¡En el buzón! ¡Y precisamente hoy! Me levanté de un salto y empecé a subir las escaleras.

—**Hurry up, Uan!** No podemos consentir que se fastidie nuestra **Mission: Sweet Mail. CS-123** tiene que descubrir quién está detrás de esos poemas.

CS-123

LA COMPETENCIA ANÓNIMA

Llegamos a casa. En la cocina estaba mi merienda preparada: un sándwich y un batido. Pero después de lo que había oído en el portal, mi cabeza mandaba sobre mi estómago.

—**Clara** –se extrañó Uan–, **don't forget your snack.**

—No se me ha olvidado, es que no hay tiempo para meriendas, socio. **I'm very busy.**

Saqué nuestro cuaderno **Secret Files** de la mochila y me tiré sobre la cama. Uan me miraba alucinado. Era la primera vez que pasaba de la merienda.

—**Too busy for a ham sandwich?**

—Sí, Uan –suspiré–. ¿O no crees que tenemos que hablar de lo que acaba de pasar en el portal?

—**Ah, the mysterious poem. Do you think it's getting in the way of our mission?**

—**Of course!** –exclamé–. Claro que interfiere con nuestra misión. ¿O es que piensas que es una casualidad que justo el día en que empezamos a meter golosinas en los buzones alguien envíe un poema de amor a doña Soledad?

Se quedó pensando en silencio un rato, mirando hacia la lámpara de la habitación con el hocico apoyado en una pata.

—**Hmmm... Maybe you're right.**

—¡Por supuesto que tengo razón!

—**Ok, we must find the secret admirer.**

Para ponernos manos a la obra en la búsqueda del admirador secreto de doña Soledad, decidimos repasar paso por paso todo lo que había ocurrido a lo largo del día, y reconstruir los hechos más importantes en el cuaderno.

MISSION: SWEET MAIL DAY 1

1. Clara puts the sweets in the mail boxes early in the morning (¡Ojo! Volver a madrugar no es una buena idea. Mummy suspects us!)
2. Mrs Soledad opens the mail box and finds sweets. She can't eat them. Marce and Mateo also find sweets. (Y el renacuajo se queda con los suyos y los de doña Soledad.)
3. Everybody thinks it's an advertising campaign. (¡Esperemos que sigan pensándolo!)
4. When we come back from school, Marce, Tina, Cosme, Mummy and Carlota are in the hallway. (Discutiendo, como siempre.)
5. Mrs Soledad shows the poem. Marce reads it. (Y todos nos quedamos ojipláticos.)
6. Different reactions: Tina makes a joke; Carlota screams. (¡Y todo el mundo se olvida de la misión Sweet Mail!)

—Ahora –dije después de leerlo en voz alta– es el momento del trabajo de campo.

—**What do you mean?** –preguntó Uan con cara de pensar algo terrible.

—Prepárate, socio, que tenemos que hablar con doña Soledad.

BUSCANDO PRUEBAS

Para acercarnos a doña Soledad, necesitábamos una coartada. No podíamos presentarnos así, por las buenas, en su casa, y preguntarle sobre el poema. Una de las reglas de oro de una buena detective secreta es la discreción. Con Uan todavía un poco mosca, me fui al quiosco. Se me ocurrió que, con un poco de suerte, allí podría encontrar una buena excusa.

—Papá, ¿ha llegado la revista de doña Soledad?

—Sí –me respondió señalando con la mano un montón de revistas–. Aún no ha bajado por ella. Con el lío de los anónimos, seguro que se le ha olvidado.

¡Genial! Ahí estaba mi coartada.

—Bueno, pues yo se la llevo –dije cogiendo una.

Volvimos al portal con la revista. Cosme estaba limpiando el ascensor, así que tuvimos que subir andando hasta el tercero.

—**The magazine is a good excuse, Clara!** –alabó Uan mi ingeniosa idea mientras llamábamos al timbre.

—Bueno, así nos abrirá la puerta, pero recuerda que tenemos que entrar en su casa a buscar pruebas. Hay que conseguir que nos deje pasar.

Doña Soledad llegó a la puerta y puso el ojo en la mirilla.

—Soy Clara, doña Soledad. Le traigo su revista.

—Ay, Clarita, qué buena eres. Muchas gracias. Con tanto lío se me había olvidado –dijo mientras abría.

Tenía las gafas de leer casi en la punta de la nariz y me miraba por encima de los cristales. Encima del vestido gris llevaba una chaqueta de punto. Todavía sonreía feliz, como hacía un rato en el portal. Cuando la vi, pensé en la abuela de Caperucita Roja.

—Pasa, Clarita, que voy a buscar el dinero.

¡Perfecto, lo habíamos conseguido! Entramos en la cocina. En la nevera, sujeto con un imán junto a una dieta y una lista de teléfonos, vi el poema. Estaba escrito a mano.

—**Ok, Clara, what do we do now?**

Doña Soledad estaba en el salón, así que no podíamos ir allí. Y en la cocina no parecía que hubiera nada sospechoso. Por hacer algo, me puse a abrir los cajones y los armarios.

—**What are you looking for?** –preguntó nervioso Uan.

—No lo sé, socio. Hay que buscar algo que nos ayude a descubrir quién es el poeta anónimo.

Estaba mirando en el armario de la vajilla cuando doña Soledad apareció en la puerta de la cocina.

—Clara, ¿qué estás buscando, hija?

El corazón me dio un brinco. Agarré un vaso que casi se me cae y cerré el armario con un portazo.

—Yo… es que tenía sed.

—Si quieres, tienes zumo en la nevera. No tengo monedas en el bolso. Voy a buscar en mi habitación –dijo dándose la vuelta.

Más que un zumo, en ese momento necesitaba una tila. ¡Menudo susto!

—Vaya, socio, ya podías haberme avisado.

—**I'm sorry, Clara. I hadn't seen her coming.**

—¿No la habías visto venir? Bueno, pues ahora no quites ojo a la puerta, ¿vale?

Fui a coger el zumo, pero ni siquiera abrí la nevera. A su lado, colgada de la pared, había una bolsa llena de papeles para reciclar. Y entre todos, sobresalía un sobre.

—¡Uan! Creo que tenemos algo. **I've found the envelope.**

—**Well done, Clara! Hurry up! She's coming.**

Cogí el sobre y me lo guardé en el bolsillo. Mojé un poco el vaso con agua del grifo y salí al pasillo a esperar a doña Soledad.

—Toma, Clarita. Esto, de la revista. Y esto –dijo dándome veinte céntimos y un pellizco en el moflete–, por traerla a casa.

El trabajo de campo había sido un éxito. Nos íbamos con una prueba en un bolsillo y una recompensa en otro.

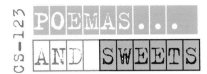

POEMAS... AND SWEETS

Llegamos a casa y nos pusimos a estudiar la prueba del delito. Era un sobre abierto, rectangular y blanco. Tenía un sello en una esquina y el nombre y la dirección de doña Soledad escrito en medio. Por detrás, no había remitente. Enseguida me di cuenta de que ese sobre tenía que ver con el misterio de los poemas.

—No hay duda de que es el sobre del poema –afirmé.

—**Are you sure?** –preguntó Uan desconfiado.

—Te lo puedo demostrar, socio –dije poniendo mi mejor tono de detective profesional.

—**Ok, go ahead** –dijo Uan recolocándose en el cojín de la cama.

Me levanté de la silla y me puse a pasear por la habitación, como los detectives de las películas.

—Si recuerdas, el poema estaba escrito a mano, ¿verdad? –Uan asintió–. Pues la letra coincide con la del sobre. Estoy segura al cien por cien. Pero, además, si te fijas bien, hay algo en el sello que no cuadra.

—**It's just a normal stamp with the king's head on it.**

—**Of course,** pero le falta algo: no tiene matasellos.

43

Efectivamente, el sello estaba limpio, sin ninguna marca de matasellos encima.

—**No postmark... That means, Clara** —dijo Uan dando un salto al verlo—, **that somebody PUT the envelope in the mailbox.**

—Exacto, socio. El poema no llegó con el correo. Alguien lo puso directamente en el buzón de doña Soledad. Y pegó el sello en el sobre para despistar.

—**Well done!** —exclamó Uan moviendo el rabo.

—Y esto significa que el poeta anónimo tiene acceso a los buzones de casa.

Estaba tan orgullosa de mi deducción que quise ponerme rápidamente a hacer una lista de posibles sospechosos. Pero Uan me paró los pies.

—**Ok, Clara. Stop thinking about the poems.**

—¿Y por qué? Tenemos que seguir investigando este misterio. ¿O se te ocurre algo mejor que hacer?

—**Yes. We mustn't forget OUR Mission: Sweet Mail.**

Tenía razón de nuevo. Así que aparcamos el tema de los anónimos y nos pusimos a pensar cómo continuar con nuestra misión. Estaba claro que volver a retrasar los relojes era muy arriesgado con mamá tan mosca. Había que buscar otra excusa para bajar cuando el portal estuviera vacío. Y fue precisamente mamá la que nos dio la solución. Estábamos dando vueltas al tema cuando sonó el telefonillo.

—Clara, vamos a cerrar el quiosco; y hemos quedado con Carlota, Mateo y Mario a tomar un refresco. ¿Te animas?

Miré el reloj. Eran las ocho de la tarde. Cosme no tardaría en sacar la basura e irse a jugar su partida de dominó. Entonces, con un poco de suerte, el portal estaría desierto.

Además, no me apetecía ir a tomar un mosto con el renacuajo y sus padres. Así que improvisé una excusa.

—Mamá, tengo que hacer una redacción sobre la visita a Chocodul.

—Está bien –dijo mamá–. No tardaremos.

Cuando colgué, le expliqué a Uan el plan mientras íbamos al salón. Desde el balcón podíamos ver salir a Cosme. Mientras, prepararíamos la mochila.

Cosme tardó unos minutos en salir con los cubos de basura. Los dejó en la acera y se fue calle arriba. En cuanto dobló la esquina, cogí a Uan y la mochila y salimos de casa. Bajamos las escaleras muy despacio, atentos a cada ruido. No se oía nada en el portal. Parecía el momento perfecto.

Empezamos a meter los dulces en los buzones: una tira de regaliz negro para Carlota y Mateo –Mario lo odia–; las gominolas de fresa y cola para mí… ¡Qué bien olían, mmm!

Frota la bolsa de chuches para oler la gominola de fresa.

—**What can we do with Mrs Soledad?** –preguntó Uan–. **She can't eat sweets.**

—Ya sé que no debe comer caramelos, pero si no le ponemos alguno, puede resultar sospechoso. Recuerda que todos piensan que es una campaña publicitaria del súper.

Estábamos tan concentrados en nuestro trabajo que no oímos la puerta del portal. Por eso se me cortó la respiración al escuchar detrás de nosotros una voz que decía:

—¡Arriba las manos, ladrona de chucherías!

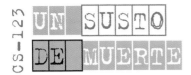

CS-123

UN SUSTO DE MUERTE

No sé si alguna vez habéis sentido ese frío que parece que sale de dentro de tu cuerpo y te hiela el sudor. Del susto, Uan salió volando por los aires, la mochila se me cayó al suelo, y yo pegué un bote y me di en la nariz con los buzones. Todo eso en menos de un segundo. Después me volví y vi a Tina mirándome con cara de mala de dibujos animados.

—Te pillé con las manos en la masa, pequeña.

—No… Yo… Los buzones… –dije frotándome la nariz.

No me salían frases con sentido. Mi corazón latía tan deprisa que la sangre corría como un Fórmula 1. De pronto, el frío se me pasó, y empecé a ponerme colorada como un pimiento. Tina llevaba un chándal azul oscuro y el pelo recogido en una cola de caballo. Ella también estaba sudando.

—Tranquila, ojos de miel –dijo sonriendo y mostrándome su mano en forma de pistola–, que solo es una broma. ¿Te has hecho daño en la nariz?

—Bueno… un poco. Me has dado un susto de muerte –exclamé agachándome a recoger a Uan y la mochila.

—Es que me lo has puesto en bandeja. Vengo de correr un poco y te encuentro hurgando en los buzones. ¿Tú sabes que abrir la correspondencia ajena es un delito? Según el Código Penal, artículo…

Otra vez ese frío. Tina vio mi cara de terror y volvió a sonreír de nuevo.

—Vale, vale…, olvídalo. ¿Se puede saber qué estabas haciendo?

—Bueno, la verdad es que yo… Los buzones…

Cuando un adulto te hace esa pregunta, es porque ya sabe qué quiere oír. Tengo bastante experiencia. Lo mejor es decir frases sin terminar para que se responda él mismo.

—Por lo que veo, nos has salido golosa e impaciente, Clarita. No creo que los del súper nuevo repitan tan pronto. Estas campañas de publicidad suelen dejar un poco de tiempo entre envío y envío, para generar expectación.

Por suerte, yo no había llegado todavía con el reparto de los dulces hasta su buzón. Mientras me hablaba, se acercó a abrirlo para demostrarme su teoría.

—¿Lo ves? No hay ningún dulce. Solo propaganda de pizzas y cartas del banco. Ni siquiera un poema anónimo de un admirador secreto…

Dijo esto último suspirando y agachando un poco la cabeza. Yo aproveché que sacaba el tema para desviar la atención de las golosinas. Saqué el **Secret Files** y busqué el poema.

—Sí que es raro lo de doña Soledad, ¿eh? Además, el poema habla de un secreto…

—¿Lo has copiado? Déjame ver un momento.

Antes de que pudiera oponerme, Tina me había cogido de las manos el cuaderno y estaba leyéndolo.

—Are you mad? –me susurró Uan–. **You've given her our Secret Files!**

48

—No me ha quedado otro remedio, socio. Pero, tranquilo, que el poema está en una página sin notas de nuestros casos.

—It's still very risky! —dijo enfadado por el riesgo que corríamos.

Pero no pasó nada. Al cabo de un rato, Tina me devolvió el cuaderno abierto por la página del poema.

—Gracias, Clara. Sí que es misterioso, sí. Pero también es bonito que alguien, aunque no sepas quién es, se acuerde de ti y te escriba poemas —dijo suspirando.

Y mientras Tina subía a su casa arrastrando los pies, nosotros continuamos con el reparto de golosinas.

Tardamos un poco en terminar el reparto porque Uan me hacía parar en cuanto oía un ruido. Todavía estaba temblando del susto.

—**I don't want any more surprises** –afirmó.

—Pues si no quieres más sorpresas, terminamos cuanto antes, ¿vale?

Después de tres parones más, subimos a casa. Mis padres no tardarían en volver. La segunda fase de la **Mission: Sweet Mail** había terminado con éxito.

—Bueno –dije poniendo el cuaderno **Secret Files** sobre la mesa–, ¿qué te parece si nos centramos en los poemas anónimos y hacemos una lista de sospechosos? Podemos empezar por Cosme y los vecinos…

Uan no estaba del todo convencido. Mientras yo hablaba, él tenía la mirada perdida y no dejaba de tirarse de los bigotes.

—**Ok, Uan** –suspiré–. **What are you thinking about?**

—**The anonymous poet.**

—¿Qué pasa con el poeta anónimo?

—**Do we really HAVE to find him?**

—Pues claro que tenemos que encontrarlo –respondí sorprendida–. Es la única manera de que se acaben los poemas.

—That's it, Clara. I think they make Mrs Soledad very happy.

Era verdad. Doña Soledad parecía mucho más contenta después de recibir el poema.

— ... And that's the aim of CS-123 –continuó Uan.

El objetivo de nuestra agencia... Abrí el cuaderno **Secret Files** y busqué nuestra declaración de principios.

My name is Clara Secret. I'm nine years old. I've got a friend. He's a dog. His name is One Two Three, but I call him Uan. We live on 25, Moon Street. We're a team of detectives. Our neighbours are very boring and grumpy. We want to make them happy.

Una vez más, mi socio perruno tenía razón. **CS-123** tenía como objetivo que los vecinos de la calle de la Luna, n.º 25, dejaran de gruñir y ser aburridos, y fueran más felices. Por otro lado, sabía que podíamos aclarar el misterio de los poemas anónimos. Y dejarlo sin resolver me hacía sentir como cuando tienes muchas ganas de hacer pis y no hay un baño cerca.

—Pero, Uan, somos detectives secretos. Y hemos descubierto un misterio…

—**Aha. But a good detective must keep quiet sometimes.**

¡Y cómo costaba eso de tener que callarse! Finalmente, acordamos esperar a que doña Soledad recibiera otro anónimo antes de decidir si continuábamos o no con nuestras investigaciones.

MADRES CON SUPERNATURAL POWERS

Mientras mis padres volvían, estuve chateando un rato con Clau. Ella tampoco tenía idea de qué escribir sobre la visita a Chocodul. Quedamos en preguntar al día siguiente si podíamos presentar el trabajo juntas. Pensando las dos había más probabilidades de que se nos ocurriera algo.

En la cena, mamá volvió a comentar el tema del despertador, y, al acostarse, programó también la alarma de su móvil y el de papá. Así que al día siguiente se despertaron a la hora correcta con un lío de músicas y pitidos bastante desagradable.

—Clara, despierta, que ya es la hora –dijo mamá mientras me subía la persiana–. Me voy a abrir el quiosco. Cuando termines de desayunar, pasa a buscarme para que te acompañe al colegio.

Todavía me quedé un rato en la cama. Uan se movía inquieto a mi lado.

—**Come on, Clara!** –exclamó frotando su hocico en mi cara–. **Hurry up! Your mum's waiting for us.**

—Pues que espere todo lo que quiera –respondí metiendo la cabeza bajo la almohada.

Finalmente, ayudada por los gritos de mi padre desde la cocina, me levanté.

—¡Vamos, Clarita! Yo voy bajando. No te olvides de recoger la mesa.

Desayuné a toda prisa y me fui a buscar a mamá mientras me terminaba una manzana. Antes de llegar al quiosco, Uan me advirtió:

—I think it's better not to talk about sweets with your mum.

Ya lo he contado alguna vez. Mi madre tiene las cualidades de madre altamente desarrolladas. Yo creo que sabe leer mi mente. Y seguro que si le sacaba el tema de las chuches y el correo, acabaría atando cabos de alguna manera.

—Pues espero que no haya abierto el buzón, porque, si no, será difícil no comentar nada.

—Yes, I hope so.

Y hubo suerte, porque no sacó el tema. Por si acaso, me pasé todo el camino al cole contándole chismorreos de clase. Cuando llegamos, Matilda, la madre de Clau, salía por la puerta y nos saludó con una sonrisa muy blanca.

—¡Hola, Matil! –saludó mamá. Todo el mundo la llama así.

—Buenos días, Clara. Hola, Pepa. Hace mucho que no nos vemos. ¿Tienes tiempo para un café?

Según Clau, su madre tiene ojos de pantera, y cuando te miran, te hipnotizan y es imposible negarle nada. Y de eso no se libran ni las madres más expertas.

—Bueno –dijo mi madre mirando el reloj–, creo que a Bruno no le importará que tarde un poco más. Clara, cielo, pasa un buen día y no te metas en líos.

Y se despidió dándome un beso. Entré en el cole y me puse a buscar a Clau, pero antes de verla, un RT –Renacuajo

Terremoto, o sea, un amigo de Mario— se cruzó en mi camino, y, con los brazos en jarras, me dijo:

—Oye, que dice Mario que en su casa el cartero pone chuches en los buzones.

Mario me miraba desde un poco más atrás, con su regaliz negro en la mano, entre desafiante y suplicante. Necesitaba que sus amigos le creyeran.

—¿Ah, sí? Yo no he visto ninguna —dije sonriéndole. El regaliz negro se le cayó de la mano.

—Pues él dice que sí, que ayer estuvo contigo comiendo gominolas.

—Pues debe de haberlo soñado —la boca de Mario se abrió como el túnel de un tren y empezó a ponerse colorado.

—¡Que sí, que es verdad! —gritó avanzando hacia mí—. Eres una… una… Os lo demostraré y ya veréis como no miento.

Y ahí le dejé, discutiendo con sus amigos mientras Uan me susurraba cuando nos íbamos:

—**Clara, you're so cruel!**

Por la tarde no quedé con Clau. Candela, la **teacher**, nos había dicho que el trabajo de Chocodul era individual. El día fue muy tranquilo. Mario se pasó el recreo del comedor en un rincón, entre concentrado y enfadado; y, al llegar a casa por la tarde, Cosme comentó sin mucha sorpresa que esta vez el súper le había dejado también a él unas golosinas.

—¿Has visto? A todo el mundo le parece normal el **sweet mail** –dije algo fastidiada mientras subíamos las escaleras hacia casa–. Me parece que esta misión no está cumpliendo su objetivo.

—**Well, at least they're not arguing** –apuntó Uan.

—Ayer eras más pesimista, socio. Aunque, ahora que lo dices, es verdad que al menos no discuten.

Eso significaba que nuestra operación estaba siendo un éxito, de momento. Y para que continuara así, tuvimos una idea perfecta. Desde nuestra aventura con la basura perfumada, mis padres me habían nombrado RPB, o sea, Responsable Permanente de la Basura. Tenía que bajarla todos los días antes de que Cosme se fuera; y, si alguna vez lo olvidaba, me tocaba sacarla a los contenedores de la puerta.

Así que esa tarde se me "olvidó"; y, antes de acostarme, bajé con las bolsas llenas de desperdicios y los bolsillos llenos de dulces. El portal estaba desierto y Uan se había quedado arriba. No me costó mucho repartir las chuches y subir de nuevo a casa sin levantar sospechas.

La mañana siguiente resultó más bien sosa. Lo más emocionante fue ver a Mario con su bolsa de tiburones de gominola en el patio, intentando sin éxito convencer al resto de RT de que se los había encontrado en el buzón. Pero al volver a casa por la tarde, la tranquilidad del día anterior se había esfumado.

—Oh, no –suspiró Uan–. **No more peace and quiet.**

La puerta de la calle estaba abierta, y papá, con un ojo en el quiosco, escuchaba desde la acera a los vecinos hablando todos a la vez.

—Brrr! **This is madness! Everybody's talking at the same time!** –siguió quejándose Uan.

—¿Qué pasa, papá?

—Ah, hola, Clara. Nada, que doña Soledad ha encontrado un nuevo mensaje de su admirador secreto en el buzón –comentó sonriendo.

Cuando entramos, todos estaban rodeando a doña Soledad.

—**They look like planets around the sun** –susurró Uan divertido.

Y realmente era lo que parecían. Aunque no creo que los planetas hagan tanto ruido al girar alrededor del Sol. Marce, Tina y mamá sonreían; Cosme se rascaba la cabeza mientras leía un papel, y Carlota arrugaba la frente. Todos hablaban a la vez mientras doña Soledad brillaba contenta.

—… Mucha suerte. Disfruta Sole…

—… Más bonito aún que el primero…

—… Un admirador persistente…

—… Yo no entiendo nada…

—… ¡a la policía, llamemos a la policía…!

Estaban tan concentrados que podía haberme puesto a repartir golosinas por los buzones y no se habrían dado ni cuenta. Cosme había dejado sobre su mesa el papel que estaba leyendo. Siguiendo mi instinto de detective, me acerqué de puntillas y vi que era un poema escrito a mano.

—¡Uan, mira! –dije.

—**Another poem! Read it out, please** –me pidió Uan.

Nos escabullimos hasta la escalera para leerlo y copiarlo en el cuaderno.

Salgo de puerto hoy a hora temprana.
Oteo el horizonte de este otoño
Limpio de gaviotas y, ahí al fondo,
Estás para alegrarme la mañana.
Daría mil tesoros de piratas
A cambio de tus ojos tan redondos,
Dulces y verdes, como la mar en calma.

Estaba escrito con la misma letra que el anterior, aunque eso no era lo que me hacía sentir cosquillas por la espalda. Algo me decía que en ese poema estaba la respuesta al misterio del poeta anónimo. Era verdad que doña Soledad estaba feliz como una lombriz. Y que si lo descubríamos todo, podría terminar. Pero no podía quedarme de brazos cruzados. Estaba hecha un lío, y Uan se dio cuenta en cuanto me vio morderme los nudillos.

—Ok –suspiró resignado–. **Tell me what's worrying you.**

—Tengo el presentimiento de que estamos muy cerca de la solución de este misterio, socio. No, déjame acabar –corté a Uan antes de que me interrumpiera–. Yo tampoco quiero que el poeta anónimo deje de escribir. Al mismo tiempo, necesito saber quién es. Y te prometo que cuando lo descubramos, guardaré el secreto. Así seguimos siendo discretos y a mí se me quitará este nervio de la barriga.

Uan no estaba muy convencido, pero después de pensarlo un rato, terminó por ceder.

—**Ok, Clara. But we have to put the sweets in the mail boxes.**

—Vale, socio. Ahora nos ocupamos de meter las chuches en los buzones. Pero mañana a la vuelta del cole nos ponemos manos a la obra con el poeta.

Con esa idea nos levantamos de la escalera y subimos a casa. Pero lo que no sabíamos era que el día siguiente nos iba a traer nuevas sorpresas.

LADRÓN DE CHUCHES

El truco de bajar la basura tarde y repartir las chuches volvió a funcionar. Aunque cuando subí, mi padre arrugó un poco los labios y dijo:

—Clara, últimamente estás bastante despistada.

—Es que no paro de pensar en el trabajo de Chocodul, papá. Cuenta para la nota final y no quiero hacer la típica redacción.

Papá sonrió. Me despeinó un poco con la mano y me dio un beso. Con eso quedaba zanjado el asunto. Si era una cuestión de deberes, todo estaba justificado. Y técnicamente era cierto. La dichosa redacción me estaba dando muchos problemas.

—Anda, vete a la cama. Seguro que cuando descanses se te ocurrirá alguna idea.

A la mañana siguiente, mamá y yo nos quedamos desayunando, y papá bajó al quiosco. No habían pasado ni cinco minutos cuando escuchamos un grito. Mamá dejó la tostada a medio untar y se fue a la puerta.

—**It sounds like a kid shouting** –dijo Uan.

—Tiene que ser el renacuajo. Tan pronto y ya la está liando.

Mamá volvió, dio un sorbo al café y se fue diciendo:

—Clara, me voy a acercar al portal. Parece que Mario está pidiendo ayuda.

—**Come on, Clara, finish your breakfast** –me pidió con insistencia Uan–. **I want to know what he's doing.**

Yo también quería saber qué pasaba. Terminé la leche, y, con la tostada en la mano, salimos de casa. Por las voces que se oían, Mario debía de haberse metido en un buen lío.

—**More voices!** –exclamó Uan mientras cerraba la puerta–. **Hurry up! He must be in trouble.**

Bajé las escaleras de dos en dos. Cuando llegamos al portal, me quedé muda ante la escena. Mario estaba de puntillas, con la mano metida en el buzón de Paula y Daniel y gritando; mamá sujetaba a Carlota, que tiraba del brazo del renacuajo para intentar sacárselo, y Cosme intentaba hablar con un destornillador en la mano.

—¡Ayyyy!

—Carlota, que le vas a dejar sin brazo. Espera a que abramos el buzón –dijo mamá.

—¿Sin brazo? ¡Sin vida me deja él a mí! Que no se queje, que más le tendría que doler.

Mario seguía gritando porque Carlota no dejaba de tirar de su brazo. Finalmente, Cosme consiguió que le soltara, y mamá abrió el buzón haciendo palanca con el destornillador. No era la primera vez que me sorprendía con sus habilidades. A veces me imagino montando una agencia con ella y resolviendo casos de espionaje internacional.

—Pero, Mario –preguntó mamá–, ¿qué hacías rebuscando en los buzones?

El pobre renacuajo se frotaba la mano aguantando las lágrimas y sin poder contestar.

—**It's obvious** –me dijo Uan al oído–. **Look at his pockets. They're full of sweets.**

Como si hubiera oído el susurro de Uan, señalándole a los bolsillos de su pantalón y sin soltarle del brazo, Cosme dijo:

—Te hemos pillado con las manos en la masa, llenándote los bolsillos de golosinas.

—¡Mario! –gritó Carlota–. ¿No te he dicho que no quiero que cojas los dulces del buzón, que seguro que están envenenados? ¡Mi hijo, un criminal! ¡Un ladrón! ¡Ay, Dios mío, qué disgusto!

—Yo… En el cole no se creen que nos dejan chuches en los buzones.

—Y no se te ocurre nada mejor para demostrárselo que coger todas las que puedas para llevárselas, ¿verdad? –dijo mamá sonriendo un poco, intentando calmar a Mario, que se agarraba la tripa. Se estaba poniendo blanco por momentos–. Anda, vacíate los bolsillos.

Sin soltarse la tripa, empezó a sacar envoltorios. Uan fue el primero en darse cuenta de lo que pasaba.

—**Look!** –me dijo–. **He's already eaten loads of sweets.**

—¡Demonio de crío! –exclamó Cosme–. ¡Te has comido todas las golosinas! Pero ¿no decías que ibas a enseñárselas a tu pandilla para que no te tuvieran por mentiroso?

—Es que no he podido aguantar… Me duele mucho la tripa…

Al oírle, Carlota levantó la cabeza, y abrió tanto los ojos que casi llegan antes que ella a donde estaba su hijo.

—¡Ay, Dios mío! –exclamó sacudiendo a Mario como a una maraca–. ¡Mi niño! Que me le han envenenado los terroristas.

Y si no llega a ser porque yo sabía que eso era totalmente imposible, seguramente habría pensado lo mismo. Porque al segundo meneo de su madre, Mario comenzó a vomitar.

CS-123

ALIADOS INESPERADOS

Mario estaba sentado, recuperando el color, en la silla de Cosme, que se había ido a por la fregona refunfuñando. Mi madre intentaba calmar a Carlota, que quería llamar a la policía, a los bomberos y a todos los hospitales de la ciudad.

—¡Lo han envenenado! Mira sus ojos… ¡Y tiene la lengua blanca! ¡Ay, Dios mío! ¡Socorro! ¡Policía!

—**Poisoned?** –exclamó Uan tapándose las orejas–. **He's just got a funny tummy!**

Mientras mamá intentaba convencer a Carlota de que solo era un empacho, y Cosme fregaba gruñendo y diciendo que quería jubilarse, subí a casa, cogí la mochila y una cazadora vaquera y bajé de nuevo al portal. Mamá seguía intentando calmar a Carlota, así que papá cerró el quiosco un rato y me acompañó al cole.

Me pasé toda la mañana despistada, dándole vueltas a lo que le había pasado a Mario.

—Estoy pensando que deberíamos dejar de poner dulces en los buzones, socio –dije a Uan en el patio.

—**Are you worried about Mario?** –me preguntó–. **It's not our fault.**

—Ya sé que no es nuestra culpa, socio. Es que, al final, la **Mission: Sweet Mail** está dando más problemas que alegrías. Además, la competencia nos está ganando.

—**Yes, the sailor poet** –me respondió pensativo–. **You're right.**

—Lo que no tengo claro es cómo lo vamos a hacer para que nadie sospeche…

No terminé la frase. Algo de lo que había dicho Uan me llamó la atención.

—¿Por qué has dicho "el poeta marinero"?

—**Well, look at the poems. They're all about the sea.**

De nuevo ese hormigueo por la espalda. Los poemas hablaban del mar. Saqué el cuaderno y me puse a repasarlos.

—Impulso mi barca… –repetí muy bajito–. La luna en…

—… **The moon on the water…** –se me adelantó Uan–. **And the second poem is similar.**

Era verdad. *Salgo del puerto…; Oteo el horizonte…; Tesoros de pirata…; La mar en calma…*

—Son expresiones marinas –dije pensando en voz alta–. Típicas de un viejo lobo de mar. Y un viejo lobo de mar con acceso a los buzones de casa solo puede ser…

—… ¡Marce! –dijimos emocionados los dos a la vez.

Empecé a saltar como una loca y a tirar a Uan por los aires mientras decía: "¡Es Marce, es el marinero poeta!" Estaba tan contenta que no me di cuenta de que Clau se había acercado a donde estábamos.

—¿Qué pasa, Clara? ¿Qué es eso del marinero poeta? –preguntó extrañada.

Los ojos de Clau se parecen bastante a los de su madre. Aunque yo ya estoy acostumbrada, cuesta horrores guardar un secreto cuando te mira así. Esta vez decidí que podía contarle, al menos, la mitad de mis preocupaciones.

—Estoy pensando en una cosa un poco rara que ha pasado en mi portal.

Le conté la historia de los poemas y se los enseñé en el cuaderno. Noté a Uan inquieto en la mochila, a punto de ladrarme. "Tranqui, que no voy a soltar el cuaderno", intenté decirle apretándole el lomo.

—Son muy bonitos –dijo Clau–, aunque hay palabras que no entiendo muy bien. ¿Y los ha escrito tu vecino el marinero para otra vecina?

—Sí, acabo de darme cuenta. Y doña Soledad está encantada. El caso es que si lo descubro, a lo mejor no quiere seguir escribiéndolos. Pero si no lo hago… Estoy hecha un lío.

Clau no me escuchaba. Seguía mirando los poemas muy concentrada.

—¿Y dices que la vecina se llama Soledad?

—Sí. ¿Qué pasa?

—Mira –dijo sacando un rotulador del bolsillo.

Se puso a subrayar, en el segundo poema, la inicial de la primera palabra de cada verso: **S**algo; **O**teo; **L**impio; **E**stás; **D**aría; **A**; **D**ulces. Uniendo estas letras se podía leer claramente **SOLEDAD**. No me lo podía creer. Cogí el primer poema e hice lo mismo. Ahora la palabra que aparecía era **ALEGRÍA**.

—¡Clau! Eres... ¡Es genial! ¡Los poemas tienen mensajes secretos!

¡Menudos descubrimientos! ¡Clau podría ser una aliada estupenda para nuestras aventuras! Estuve a punto de contarle también nuestra **Mission: Sweet Mail,** pero sonó el timbre de final del recreo y tuvimos que volver a clase.

Comprenderéis que pasase el resto del día totalmente despistada. Había tenido demasiadas emociones. Por si fuera poco, antes de acabar, don Tomás volvió a pasar por clase.

—Chicos y chicas, os recuerdo que os quedan **two days** para presentar los trabajos. Los que hemos recibido hasta ahora **are very good**. Chocodul lo va a tener difícil para elegir. Así que ánimo y **good luck!**

El final de la misión, Marce poeta anónimo, el descubrimiento de Clau... Con tantas cosas en la cabeza, no tenía tiempo de inventarme algo original. Seguro que acabaría haciendo una típica redacción para salir del paso.

Al llegar a casa por la tarde, Cosme estaba en el portal.

—¡Vaya cara que traes tú hoy! –me dijo.

—Es que tengo muchos deberes, Cosme. ¿Sabes algo de Mario? Al final no ha ido al cole.

—Solo era un empacho, aunque Carlota no se ha quedado tranquila hasta que no le han visto en el hospital. Pero lo de los dulces ya no se repite. He estado hablando con el supermercado nuevo.

¡Glups! Ahora sí que estábamos en un buen lío. Porque si Cosme había hablado con el súper, seguro que ya sabía que lo de las golosinas no había sido idea de ellos.

—Y… ¿qué ha pasado?

—Le he dicho a la encargada que a partir de ahora vengan en horario de portería a repartir su publicidad, que no queremos saber nada de golosinas. Y que si quieren clientes nuevos, más les valdría regalar jamones o botellas de vino –dijo muy orgulloso–. No quiero más líos como el de esta mañana.

—Pero la encargada, ¿qué ha dicho?

—Nada. La he dejado sin palabras.

Así es como me había quedado yo. Muda y sin saber qué pensar.

MAGDALENAS
PIRATAS

Por las escaleras, empecé a recuperarme del impacto. ¡Menudo día de emociones! Bien pensado, la visita de Cosme al nuevo súper no era tan mala noticia. Lo más probable era que le hubiesen tomado por un loco y todavía se estuvieran riendo de su historia. Pero en la práctica, sin saberlo, Cosme nos había solucionado el problema de cómo terminar nuestra misión.

Cuando llegamos a casa, cogí de la cocina el sándwich que me habían preparado, algo de fruta y un yogur, y me fui al salón a merendar. En la tele no había nada divertido, así que me puse a hablar con Uan.

—Jamás hubiera pensado que Cosme iba a ser nuestro aliado.

—**Surprising! Cosme seemed very pleased with himself.**

—Sí, Cosme estaba muy orgulloso, y la encargada del súper se ha debido de quedar pasmada.

—**Well, never mind. We've finished our mission** –dijo bostezando.

—Sí, ahora tenemos que decidir qué hacer con Marce…

Uan se quedó con el bostezo a medias.

—Oh, no! I know what you're thinking, Clara.

—Ya sé que prometimos no seguir investigando, Uan –insistí–. Pero ¡es Marce! Tenemos que hablar con él. Aunque solo sea para decirle que sabemos su secreto y que no lo delataremos.

Me costó un poco convencerlo; pero, al final, conseguí que subiéramos a ver a Marce. Al llegar al ático nos recibió un olor a panadería.

—Hmmm! Smells good! Marce's cooking –dijo mientras yo llamaba al timbre.

Marce abrió la puerta. Llevaba puestos unos guantes de horno y un delantal negro con una calavera pirata, y un gorro de cocinero que, en vez de huesos, tenía una cuchara y un tenedor de madera cruzados. John Silver, su gato, se asomó; y, al ver que era yo, estiró su cola y se volvió hacia el salón.

—¡Hola, grumete! Pasa, necesito ayuda.

—¡Qué bien huele! –dije notando que Uan también olisqueaba–. ¿Qué es?

—Son mis famosas magdalenas piratas. Estoy a punto de sacarlas del horno –dijo Marce–. Es que voy a tomar café con Sole, y le he prometido que yo me encargaba de los dulces.

Yo siempre he sospechado que Marce, más que marino, fue pirata. Con su pipa siempre apagada en la boca, sus tatuajes, las aventuras que de vez en cuando cuenta… Aunque no tenga parche en el ojo ni pata de palo. Pero esta vez no me sorprendió que sus magdalenas fueran piratas, sino otra cosa que había dicho. Uan estaba sobre una silla, y cuando Marce se dio la vuelta para sacar las magdalenas del horno, aprovechó para susurrar:

—**Did you hear that? He's going to have coffee with Mrs Soledad.**

—¿Decías algo? –preguntó Marce girándose con una bandeja repleta de magdalenas humeantes en las manos–. Hazme un hueco en la mesa y coloca unos trapos, para que no la queme. ¿Nunca te había hablado de estas magdalenas? Están hechas con la receta del Capitán Picatoste el Bravo.

Frota las magdalenas piratas para saber c...

Como entenderéis, a mí en ese momento unas magdalenas, por muy piratas que fueran, me importaban poco después de lo que habíamos descubierto.

—¿Vas a tomar café con doña Soledad?

—Sí, dentro de un rato. Pero, tranquila, que no le voy a llevar todas. Te dejaré alguna para que las pruebes.

Marce estaba de espaldas a mí, guardando las magdalenas en una caja de cartón. Apartó cuatro en un plato, y se dio la vuelta sonriendo misteriosamente.

—Aunque me parece que tú no has venido aquí por las magdalenas. Sospecho que te mueven intereses más, digamos, "poéticos".

Lo dijo con toda naturalidad, sin preocupación. Ahora éramos nosotros los pillados con las manos en la masa. ¿Cómo podía saberlo?

PACTO DE SILENCIO

CS-123

Marce pareció leerme el pensamiento.

—Eres una chica muy inteligente… y muy curiosa también, grumete. Aunque un poco despistada —dijo metiendo la mano en el bolsillo y sacando un papel doblado—. Lo encontré en la escalera. Se te olvidó devolver mi poema a su sitio.

—Entonces, ¿reconoces que eres el…?

—¿… poeta anónimo, el admirador secreto? Sí, soy yo. Aunque me parece que ya no tan secreto.

—Pero ¿por qué lo has hecho?

—Bueno, la idea me la dio esa… campaña de publicidad del supermercado. Como Sole no puede tomar golosinas, pensé que los poemas podrían endulzarle de otra manera. Por cierto, ya me ha comentado Cosme que se ha encargado de que se acabe lo de las golosinas en los buzones. Es una lástima, pero creo que después del empacho de Mario, es lo mejor, ¿no te parece?

Dijo esto último con su sonrisa misteriosa en la cara mientras cerraba la caja de magdalenas y la metía en una bolsa de papel. Me pareció que con la mirada me estaba diciendo: "Tranquila, guardaré tu secreto". Yo me puse roja como la manzana de Blancanieves.

—¿Tienes calor? –preguntó acercándose a la ventana.

—No… yo… Sí –dije abanicándome con la mano–, la verdad es que hace bastante calor en la cocina.

—Como te decía –continuó–, me di cuenta de que todo el mundo parecía contento con lo de las golosinas salvo Sole. Y Carlota, pero esa es de otro planeta –dijo guiñándome un ojo–. Y decidí hacer algo.

—Mandarle poemas anónimos con mensaje.

—¿Con mensaje?

—Sí, el que forman las primeras letras de cada verso: SOLEDAD; ALEGRÍA. Lo descubrí con mi amiga Clau.

Ahora me miraba de otra forma, entre divertido y sorprendido. Se había quitado el delantal y acababa de lavarse las manos en el fregadero. Se acercó a la mesa de nuevo y me desordenó el pelo.

—Vaya, eres más lista de lo que pensaba. Te has fijado en los acrósticos.

—¿Los qué?

—"Acrósticos", así se llaman estos poemas. En el barco usábamos un código de señales con palabras. Cada una representaba su primera letra y nos servía para mandar mensajes por radio. Se me ocurrió que hacer algo parecido con los poemas podía ser divertido. Ven, te lo enseñaré.

Salimos de la cocina. En el salón, Marce sacó un libro de la estantería y me enseñó un cuadro en el que había escritas estas palabras:

A = ALFA	B = BRAVO	C = CHARLIE	D = DELTA	E = ECHO	F = FOXTROT	G = GOLF	H = HOTEL	I = INDIA	J = JULIETT
K = KILO	L = LIMA	M = MIKE	N = NOVEMBER	O = OSCAR	P = PAPA	Q = QUEBEC	R = ROMEO	S = SIERRA	T = TANGO
U = UNIFORM	V = VICTOR	W = WHISKEY	X = X-RAY	Y = YANKEE	Z = ZULU				

—En el mar hay muchas interferencias y es muy importante que los mensajes de radio lleguen claros. Por eso usamos este código. Es algo parecido a cuando te piden deletrear una palabra y tú dices: "M, de *Murcia*; A, de *Alicante*; G, de *Granada...*", pero con una palabra fija para cada letra. Así se evitan errores. Mira –dijo enseñándome un papel en el que había escrito una columna de palabras–, así sería tu nombre:

CHARLIE
LIMA
ALFA
ROMEO
ALFA

—Y en los poemas *acrópolis* es lo mismo. La primera letra de cada verso forma una palabra.

—"Acrósticos", grumete –dijo Marce soltando una carcajada–. Sí, es algo parecido.

—Pues parece que a doña Soledad le han gustado tus poemas. Se la ve muy contenta. Y ya no se pasa el día suspirando por su marido.

—Cierto –dijo colocando el libro en su sitio–. Y así será si se mantiene el secreto. ¿No crees?

Esto último lo dijo otra vez con su mirada misteriosa. Yo le respondí con otra mirada igual de: "Tranquilo, yo también sé guardar un secreto".

Y sellamos el pacto de silencio comiéndonos una estupenda magdalena pirata aún calentita y brindando con leche por Picatoste *el Bravo*.

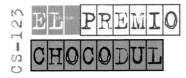

CS-123

EL PREMIO CHOCODUL

De nuevo en casa, Uan y yo estuvimos comentando el caso.

—**CS-123** ha terminado una nueva misión con éxito, socio.

—**Well, more or less... Not everyone's happy.**

—**Really?** –pregunté sorprendida–. Yo creo que Cosme está bastante contento por haber resuelto el misterio. Y Marce y doña Soledad...

—**But they aren't happy because of our sweets.**

—Vamos, no empieces con tus pegas. ¿No has oído a Marce? Fueron las golosinas en los buzones las que le dieron la idea genial de los poemas. A propósito –dije volviendo a la dura realidad–, eso es lo que yo necesito ahora: una idea genial para el trabajo de Chocodul. Hay que entregarlo mañana y no se me ocurre nada.

Estaba tumbada en la cama, con el cuaderno Secret Files abierto encima de la tripa. Uan estaba sobre la almohada. De pronto, alzó la cabeza, estiró las orejas y exclamó:

—**Clara, the best idea is right in front of our nose!**

—¿Qué dices que tenemos delante de nuestras narices?

—**Look at the Secret Files** –Uan estaba cada vez más excitado–. **Open the note book.**

—Lo tengo abierto. ¿Qué quieres que busque?

—**The poems, of course.**

—Pero, Uan, si ya hemos cerrado el caso. Hemos quedado en no enredar más en el tema de los poemas. Marce…

—**Forget Marce! I'm thinking of Chocodul.**

—¿Chocodul? ¿Qué tienen que ver los poemas con Choco…?

Entonces lo entendí.

¡Una poesía!
¿Cómo no me había
dado cuenta antes?

—¡Eres un genio, socio!
¡Eso es lo que vamos a hacer!

Bajé de la cama y me eché en el suelo. Saqué mi estuche de las **Pinky Girls** de la mochila, cogí un boli negro y un rotulador rojo.

—Pondremos en rojo la primera letra de cada verso para que se lea bien el mensaje.

Yo no sé si fue la ilusión, o el haber estado tantos días leyendo los poemas de Marce, pero antes de la hora de la cena ya tenía escrito un poema bastante estupendo, la verdad:

Cuando el dire nos dio la gran sorpresa,
Hubo gritos y saltos en las mesas.
Ojalá nos regalen chocolates,
Cantamos todos en clase de mates.
Oímos en la fábrica la explicación
De cómo se hacen las golosinas con atención.
Una vez terminada la visita,
Llenamos los bolsillos, y a casita.
¡Qué ricas gominolas, qué ricos caramelos!
Un paraíso para niños y abuelos.
Estamos más contentos que con zapatos nuevos.
Resumiendo: disfrutamos un montón.
Intentaremos que se repita la
excursión.
Chocodul es una dulce
maravilla
¡O al menos eso
piensa mi pandilla!

Aunque no gané el primer premio, Chocodul me dio uno especial a la originalidad. Y no solo lo publicaron en su revista. También me dieron un lote de golosinas que pienso utilizar en nuestra nueva aventura: **Mission: Sweets just for Clara.**